실라캔스를 찾아서

이건청 시집

실라캔스를 찾아서

이건청 시집

북치는마을

시집 『실라캔스를 위하여』를 펴내면서

　문청시절, 마음에 맞는 시 몇 편만 쓸 수 있다면 나이 30까지만 살게 되어도 여한이 없을 것이라 생각한 때가 있었다. 먹을 수도 잠잘 수도 없었던, 꿈속에서도 시를 쓰던 그런 날들도 있었다.

　3억6천만 년에서 6천5백만 년 전, 퇴적암에서 발견되던 화석 물고기 실라캔스는 육지 척추동물의 특징들을 거의 그대로 지닌 채 1938년 어부의 그물에 잡혀 올라왔다. 몇 억 년의 시간을 물속에 살았으면서도 물속 환경을 따라가 동화되기를 거부한 채, 애초의 자신을 지켜온 실라캔스의 자존의지 앞에 서서 나는, 시는 무엇이고 시인은 무엇이어야 하는가를 되뇌어 보는 것이다.

　지구에 표층이 생기기 시작한 것이 38억 년 전쯤 된다고 한다. 이후, 지구가 겪은 융기, 충돌, 분화를 포함한 모든 변화 양상과 내용들은 켜켜이 지질地質로 쌓이고 시대별 암반 지층으로 굳어있다. 나는 내 삶이, 이 지질 암반들이 품고 있는 무량수의 시간들과 충분히 화해되기를 바란다. 머지않은 때에 나 또한 2000년대 퇴적암 어딘가로 귀의해야 할 존재이기 때문 이다.

　산수傘壽에 펴내는 시집『실라캔스를 찾아서』는, 성찰과 다 짐의 말이어야 하리라. 내 노년을 위한 엄혹한 죽비의 글 모음 이 되기를 바라는 것이다.

2021년 봄
양촌리 모가헌에서 저자

목 차

Ⅲ. 그레고르 잠자에게

IV. 선묘

V. 말들이 돌아오는 바다

Ⅰ.

귀향시편

오스트랄로 피테쿠스 아파란시스*

이제 나
돌아가고 싶네
300만년 쯤 저쪽
두 손 이마에 대고 올려다보면
이마와 주둥이가 튀어나온,
엉거주춤 두 발로 서기 시작한,
130cm쯤 키의 유인원
오스트라로 피테쿠스 아파란시스
고인류학자들이
최초의 homo속屬*으로 분류한
그들 속에 돌아 가 서고 싶네
학력, 경력 다 버리고
그들 따라 엉거주춤 서서
첫 세상, 산 너머를 다시 바라보고 싶네.

안보이던 세상 산등성이로
새로 뜨는
첫 무지개를 보고 싶네

실라캔스* 몇 마리 데불고

까마득, 유인원 세상으로

나, 가고 싶네

그리운, 오스트랄로 피테쿠스 아파란시스

* 초기 영장류 중의 하나. 한 개체의 화석에서 골편 40% 정도가 수습
  되어 발굴 영장류의 대표성이 있음

* homo屬. 현생인류와 그 직계 조상을 포함하는 분류 속.

* 3억 6천만년에서 6천 5백반년의 지층에서 화석으로 발견되는 육
  지척추동물의 조상 물고기. 1938년 이후 살아 있는 실물이 발견되
  어 충격을 주고 있음.

한탄강 지질공원에서

나는 지금
한탄강 지질공원 바위 벼랑에 서 있다
제각기 다른 빛깔로 켜켜이 쌓인
지층 38억년.

현무암 한 층에서 화강암까지 1억 년
바다 밑에서 솟은
퇴적암까진 다시 3억 년
이 땅 원생대의 기반암까지
균열과 융기
지구 38억 년이
켜켜이 쌓여 있다.

저 지질 벼랑, 돌 속에
38억년의 밤과 낮이
비바람이
하늘을 스쳐 날던 익룡들과
용암과

빙하의 날들이
퇴적암 속에 묻혀있다.

2020년 12월 13일, 나 오늘
차고 딱딱한 이 바위 틈 비집고 누워
누억 년 풍상에 기대면
인간세*의 플라스틱 쓰레기 곁
구겨지고 찌그러진
화석으로 남으리
억 년 후에도 썩지 않은 플라스틱 쓰레기 더미 곁
두 개나 세 개쯤 골편 화석으로 남으리
겨우 남으리.

* 46억 년 지구 역사를 지질학적으로 분류할 때, 이제까지 5번의 지
구 대멸종이 있었다 한다. 현재 지구는 인류 문명의 급속한 발달에
의해 6번째 대멸종이 진행 중이라고도 한다. 인간세 또는 인류세
라고도 명명하고 있다.

스트로마톨라이트

인천시 소청도 부남 서편 해안
25억 년 전 지층에
우리나라에서 제일 오래된 화석이 있다.
박테리아, 스트로마톨라이트
원시 생명으로 변이되어가던 때의
섬유질 남조류藍藻類로
물속에서 출렁이고 있었다 하는데
천둥, 번개 몇 억 전압 방전 에너지 속에서
생명유전자를 처음으로 복제하기도 했다는데,

이 화석의 채집자는
군집한 박테리아가 분비한 점액질이
바위에 흔적을 남긴 것이라 적고 있다.*

세균과 섬유식물 중간쯤의 저 것
바위에 거뭇거뭇 번져 있는 저 것
25억 년, 원생대
스트로마톨라이트가 뿜어낸 분비물이 굳은 화석

물질 속에서
생명의 시작을 풀어내는
그리운 점액질,
남조류가 남조류를 껴안은 채
거뭇거뭇 화석으로 굳은
스트로마톨라이트.

* 김정률,『한국지질도감』, pp.16~19.

사코리투스 코로나리우스*

한밤 오리나무 가지에 앉아
뒷산을 흠씬 적시며 우는 소쩍새도,
묵호항 어판장 플라스틱 통속의
참가자미나 등뼈오징어도,
시나이 사막의 사막여우도,
세렝게티의 하이에나,
보아구렁이,
정의기억연대 윤미향,
대한민국 법무부장관 추미애,
그리고, 시인 이건청 모두,
한 조상의 자식.

5억4천만 년 전,
몸의 반쯤이 입이었던,
입이 배설구이기도 했던,
1밀리 원시 동물의…

* 5억4천만 년 전에 살았던 지구 위 모든 동물의 공통조상. 입이 배
  설구이기도 한 1mm의 생명체 미세 화석이 중국에서 발견되었으
  며, 전자 현미경으로 찍은 이 미세 생명체의 확대사진이 있다. (앤
  두루얀,『코스모스』, p.265)

별똥별

빛이 1년 동안 가는 거리
1광년, 9조 5000억km.
여름 밤 질펀히 넘쳐나는 우리은하 밖
안드로메다 별자리까지 250만 광년

가고 가도 끝이 없는
어느 빈터로
꼬리를 달고 스쳐가는
별 하나 있네

어머니
너무 멀리 가시지는 마세요
이따금 아들 세상, 밤하늘 스쳐 가신 후
패랭이꽃 한두 송이쯤
안녕의 흔적으로
남겨두고 가세요.

Ⅱ.

지하철을 타고 가며

폭설

말들이
떼 지어 달려오더라
진부령 넘어
미시령 넘어, 말들이
달려와
쓰러지더라
무릎을 꿇더라
엎어지더라
겨울 바다는 오라고
오라고, 오라고
손짓하는데
마루턱에서 마루턱으로 허위허위 달려온
추운 날들이
폭설 되어
흩날리는데

일망무제, 수평선 뜬 곳까지 달려온 내 말들이
흔들리는 손짓들 쪽으로 달려와

퍽. 퍽. 엎어지며 흩날려 내리는

겨울 화진포.

먼 집

굴피집에 가고 싶네
굴피 껍질 덮고
지붕 낮은 집에 살고 싶네
저녁 굴뚝 되고 싶네
저문 연기되어 흐르고 싶네

허릴 굽혀 방문 열고
담벼락 한컨
아주까리 등잔불 가물거리는
아랫목에 눕고 싶네

뒷산 두견이
삼경을 흠씬 적시다 가고 난 후
문풍지 혼자 우는
굴피집에 눕고 싶네

나 굴피집에 가고 싶네.

코스모스 꽃밭에서

들판을 가득 채운 꽃들이
꽃들끼리 모여서 무슨 모의를 하는지
꽃밭이 둘레를 키우고
목소릴 엮어
무슨 구호를 이뤄내는 것인지
나는 다 읽어낼 수 있을 것 같다
체 게바라도, 피델*도
뒤섞인 꽃들 속에
리얼리스트가 되자, 그러나
가슴 속엔 불가능의 꿈을 갖자고*
꽃 하나가
곁의 꽃들을 흔들어 깨우고
다시 옆의 꽃들을 흔들어 깨우면서
깃발이 만들어지고
난만해진 깃발을
펄럭이며 혁명 만세를 외치는
늦가을이
꽃밭을 가로지르며

씨앗들을 다독여주러 오는 걸
보고 있다

늦가을 들판 그득 꽃이 피었다
일제히 흔들린다
만세, 만세다.

* 피델: 피델 카스트로

* 체 게바라의 어록에서

레밍의 날들

떠돌이 쥐 레밍 떼가
벼랑 아래로 떨어지는 걸 본 적이 있다
TV 화면이었는데
들판을 떼 지어 달려온 것들이
벼랑 아래 바다로 뛰어내리고 있었다
풍덩 풍덩 뛰어내리는 것들 뒤에
뛰어내려야 할 것들이 밀려오고 있었다
툰드라에 굴을 파고
나뭇잎이나 새싹, 줄기, 뿌리를
잘라 먹고 살던 것들이
자꾸 자꾸 새끼를 길러내서
들판을 그득 채울 때가 되면
다른 들판을 찾아 떠난다는데
키가 작고 다리가 짧아서
들판도 하늘도 보지 못한 채
앞장 선 것들만 일심으로 따라 가다가
벼랑을 만나 풍덩 풍덩 떨어져 죽는데
멈출 곳에서 멈추지 못한 것들이

돌아서야 할 곳에 돌아서지 못한 것들이
앞선 것들의 뒤만 쫓아가다가
풍덩풍덩 벼랑으로
밀려 떨어져 내린다는데,

법

살아있는 법도 있지만
썩어 티끌이 된지 오랜 법도 있다
그러니까
법적으로 하자고 목소릴 높이는 사람은
순진한 사람이거나
우매한 사람일 가능성이 크다

죽어 흙이 다 된 법으로는
오랏줄을 만들 수 없을 것 같지만
신통하게도 썩은 법에 묶여
포토라인에 서는 사람도 있다

티끌을 모아 오랏줄을 엮어 만드는
기막힌 사람들도 있기 때문이다

그러나
남풍이 잠든 벌 나비를 부르고
매화가, 진달래가

사람 세상 창문을
열어젖히게 하는 것도 법이고
누 만 년 사람 세상의 상식인걸 보면

알겠다. 진짜 법은
사람 마음 속에 새겨지는 것이지
법전에 새겨지는 것이 아니라는 걸.

노루귀꽃을 보며

나 맨몸되어
세상 끝까지 가고 또 가면
노루귀꽃 되리

지리산 벽소령 어디 쯤
죽어 흩어진 빨치산 뼈 조각
몇 개
흙 다 되어가는 산비탈 쪽

꽃 되리, 노루귀꽃되리
사람 치장 다 버리고
육탈의 시간 다 가고 나면
꽃 되리

너른 산
혼자 왔다 혼자 가는
꽃 되리
노루귀 꽃 되리.

시인의 무덤

시인의 무덤엔
시인의 팔 다리나, 눈 코 귀 입이나
손톱 발톱이나
머리칼 같은 것이
묻히는 것이 아니라
목련꽃이나 영산홍 같았던
전 생애가 묻히는 것이 아니라
예술원 회원이나
문화훈장같은 것이
묻히는 것이 아니라

가령, 김종길 시인이 서른 살 무렵에 쓴
'성탄제' 같은 시 한 편이
시인 무덤의 빗돌로 서서
쉼 없는 생명을 불러내주는 것이지
한 생애의 시가
장다리꽃 쪽으로
명주나비를 부르고

후투티같은 새들을 불러
둥지에 알을 품게도 하는 것이지
배추 씨 몇 개를, 후투티 몇 마리를
세상 속으로
불러내고 보여주는 것이지…

지하철을 타고 가며

눈 감고 있는 것 같지만

웃고 있는 것 같지만

졸고 있는 것 같지만

경로석의 저 노인이

임산부 배려석의

저 여인이

노조원 유니폼의 더벅머리가

의심하기 시작한 것 같다

지하철 손잡이를 잡고 선

노랑머리도

뜯어진 청바지도

성경책도, 넥타이도

모조품 GUCCI 백도

같은 칸에 실려

같은 쪽으로 가고 있지만

저들 중 누군가가 자리를 박차고

일어설 것 같다

너는 어느 편이냐

소리치며 달려와
멱살을 잡을 것 같다.

독수리를 보러 갔었다

독수리를 보러 갔었다
철책으로 싸인 우리에
앉아 있었다
양 날개를 펼치면 2m쯤
무게 10kg쯤 된다는
저 것
용기와 신념의 상징이 되어
대학 캠퍼스 광장에 우뚝 서거나
애드벌룬이 띄워 올린 큰 깃발 속에서
펄럭이기도 하던 새
저 것. 저 것
부리도, 발톱도 눈도
그대로, 독수리인 저것이
앉아 있었다
독수리의 자리에 앉아 있으니
독수리일 것인 저것이
위용도, 예지도 잃어버린 저 것이

독수리의 자리에 앉아 있었다
하염없이 앉아 있었다.

꼬리

개가 개밥 앞에서
꼬리를 흔든다
반갑다고 흔든다

밥 앞에서 흔들리는 개 꼬리를
형이상적으로, 혹은
감각적 언어로 변용해 쓰기도하는 게
사람들인데
'꼬리친다' 같은 말은
개 꼬리 움직임을
의미론적으로 변용해 쓰는 예가 된다

'꼬리'가 사회화되고
타성과 상식 속에서 일반화 되다보면
밥에게가 아니라
재벌에게, 권력에게
'꼬리치는' 것들이 많아지기도 하는데
스스로 개 꼬리가 되어 흔들리는

언필칭 시인, 소설가들도 있다

역사가 살아있는 생명이어서
그 속에 교훈을 담고 있다는
아놀드 토인비의 말대로라면
언젠가 '꼬리'가 '회초리'나 '오랏줄'로 바뀌는 것도
필연일 듯 싶다

날이 새니
개들이 개들끼리 떼로 모여 사는
개판 세상이
큰소리로 짖는다
컹. 컹. 컹...

애꾸 눈 재크

'애꾸눈 재크'
말론 브란도, 칼 말든 주연
은행 강도 두 사람 사이의 배신과 복수
동료를 배신하고 돈 망태를 챙겨 혼자 도망친 도적 말든이
정의의 수호자 보안관이 되어 있고
동료의 배신으로
오래 감옥에 갇혔던 브란도는
탈옥한 뒤 복수에 나서는데…

영화 원제 One-Eyed Jacks
애꾸 눈 재크
시쳇말로 시각장애우 재크
왼 쪽 눈이 닫혔거나
오른 쪽 눈이 닫힌 사람들만 모여 사는
이상한 나라
재크와 재크와 재크들의 광장에
오늘은 폭설이라도 내려주었으면
눈이여 내려서

이 풍진風塵 세상 덮고 지고, 덮고 지고
왼쪽 눈도 오른쪽 눈도
흰 눈 세상으로 덮여지고
모두 모두 덮여지고,

전멸의 풍경

세상 사람들이 버린
플라스틱 조각들이
물을 따라 흐르고 흘러
바다에 가서
소금물에 쉼 없이 출렁이다보면
으스러지고 부서져
플라스틱 알갱이들이 된다는데

세상 플라스틱이란 플라스틱들이 모두
밀리고 밀리며
물을 따라 흘러가서
플라스틱 조각들끼리
연대하고 결집하면서
풀 한 포기도 자랄 수 없는
섬이 된다는데
세상 플라스틱 알갱이들이 쌓이고 쌓여
죽음의 섬이 된다는데
한반도의 14배나 되는 죽음의 섬이

여기 저기 뜬다는데
풀 한 포기
뿌리 내리지 못하는
플라스틱 알갱이들이 모이고 모인 섬들이
햇살을 되비춰 출렁이며
번쩍이며
다가오고 있다는데
죽음의 섬들이 밀려오고 있다는데…

새들의 길에서 새들이 죽는다

신도시가 들어서고
유리벽 고층 건물들이
새들의 길을 막아서면서
새들이 죽는다
새들이 새들의 길에서 죽는다
꽝하고 부딪쳐 죽는다
황조롱이도, 멧비둘기도, 참매도
원래는 제 것이었던
하늘 길에서
머리가 깨진다
새들의 길을
잘라 만든 인간의 벽에 부딪쳐
새들이 자꾸 죽는다
사람들아 당신들이
새들의 길을 잘라 만든 벽
새들의 길을 잘라 만든 유리창으로
새들이 온다

새들이 새들의 몸짓으로
휘익, 휘익
유유히 날아와서
꽝하고 부딪친다
머리가 깨진다
날개 죽지가 꺾인다…

Ⅲ.

그레고르 잠자에게

그레고르 잠자*에게

요양병원 906호의 그와
영상통화를 했다
화면에 보이는 것은 그였는데
눈썹이 검은, 앞 머리칼이 왼쪽 이마를 스쳐 내린
그가 맞는데
목소리까지 그대로 그인데
그가 아니었다
그는 나를 몰랐다.
이. 건. 청 들려주니
한 글자 한 글자 겨우 되짚어 뇌어본다

세상 사람들 모두가 알고 있는
그는 그가 아니었다
경제학박사, 메이저 TV 고정 패널
그 사람이 아니었다

서울행 KTX를 타는 나를
플랫폼까지 따라와 손잡아주던

손이 따뜻하던 사람

사람은 그 사람인데

전화기 건너편 영상 속

그의 말이 매듭 밖으로

풀려서 자꾸만

찌그러지고 부서져

뒹굴고 있다

KTX 플랫폼에 서서

손을 흔들던 지난 겨울의 사람

여름 장맛비 속 영상전화 화면엔

치매전문 요양병원에서 누질러진

그가 망연한 얼굴로 떠 있다

6개월 사이

무엇이 사람을 저 벼랑으로 밀어뜨렸나

낯선 사람이 된 그가 건네는 낯선 말들이

깨지고 찌그러진 채 쌓이는

세상의 어느 날, 어느 날

치매전문 요양병원에서
당신에게 전화가 걸려온다
영상통화 화면이 스르르 열리고
그대가 모르는 그대가 뜬다…

* F. 카프카 소설 『변신』의 주인공. 그는 어느 날 잠자리에서 깨어나
커다란 벌레가 된 자신을 발견한다.

난장이 화가 뚜루즈 로뜨렉 전시장에서

코로나 바이러스가 창궐한 어느날
난장이 화가 뚜루즈 로뜨렉 전시장엘 갔었다.
난장이 화가 뚜루즈 로뜨렉은
팔 다리가 길고 키도 훤칠한 사람들을 그렸는데
말 잔등에 올라타거나 춤을 추고들 있었다.
껑충껑충 뛰거나 펄쩍펄쩍 뛰어오르고 있었다.

얼굴의 반쯤을 마스크로 가린 관람객들은
코로나 바이러스에 억눌리고 누질려져서
키도 몸무게도 축소된 몸으로
겨우겨우 전시장 바닥을 옮겨다니며
그림 구경들을 하고 있었다.

형편없이 작아진 사람들이
액자 속 말들과 무희들을 올려다보고 있었는데
코로나 바이러스가 창궐한 어느 날
난 아니야, 난 아니야

난장이가 된 관람객 모두는

하나같이

마스크로 얼굴을 감추고 있었다.

제물祭物

TV 세계풍물기행 다큐를 보는데
네팔 사람이 안나푸르나 산 중턱의
산신당 쪽 비탈길로
어린 염소를 끌고 가고 있었다

염소가
종종 발로
열심히
주인 뒤를 따라가고 있었다.

'나 같으면 어떤 일이 있어도 녀석을 죽이지 않겠다'*

* 김종삼 掌篇 1

남루襤褸

안토니오 가우디가
사그라다 파밀리에 성당 앞에서
전차에 치었을 때, 전차 운전수는
남루한 작업복을 입은 그가
대성당 건축책임자라고는 생각 못하고
상처 깊은 사람을 전차 길 옆으로 치워놓고
가던 길로 가버렸다고 한다.

지나가던 사람이 택시를 세웠지만
운전수가 남루의 사람을 스쳐보곤
그냥 지나쳐 갔다고 한다
늦게서야 응급실에 닿았지만
병원이 또 이 남루의 사람을
내쳐버렸다고 한다.
아주 늦게서야
버려지고 버려진 이 남루의 노인이
조그만 시립 병원에 닿았는데
거우 병상에 눕혀졌는데,

사그라다 파밀리에, 위대한 꿈의
전당을 세워가던 세기의 건축가
안토니오 가우디,
남루에 가려 병상에 눕혀졌다가
거기서 숨이 멎었다 한다.
안토니오 가우디,
사그라다 파밀리에,
세계적 대성당의 설계 시공자
남루에 가려진 채 버려져 죽은…

시인을 위한 전별사

돌 속에
자넬 담아 눕히고 나니
내 맘, 아주 섭섭하지는 않아이

직박구리 스쳐날고
까치도
오리나무에 깃을 들이네

남풍에 양지꽃도 실려 오리니
이승의 편한 자리일세
그만, 독락당*내려오게

다음 세상, 양지녘에서
곧 다시 만나세

* 2017년 11월 8일 작고한 조정권 시인의 시

조용한 방

복도를 지나며 보니
사람 곁에 사람들이
사람 곁에 사람들이
나란히
누워있었다

혈액 투석실,
피를 바꾸어 넣고 있는,

여름 숲에서

여름 숲에 들면
누가 먼저 와 있는 듯싶다
이 산에 터 잡고 살고 있는
누군가가 있는 것 같다
상수리나무 둥치에 영지가 피어났다
산까지 몇 마리가 푸르르 나른다
개암나무 개암 열매가 툭 떨어진다
이 산 구석구석을 경작하는
일구고, 다독여 주는
가슴 넓고, 손이 푸근한
진짜 주인이
이 산에
눌러 살고 있는 것 같다.

호스피스 병동이 있는 풍경

미농지같이
가비얇은 가을 햇살이
바스러져 내리는,
저쪽

풍금 소리 낮게 퍼지는
예배당 십자가 뒤
전서구傳書鳩도
한 마리
오고
있는…

산이 왜 산이고 물이 왜 물인지
— 조정권 시인을 보내며

이 나라 산하를 뒤덮었던 낙엽들이 지고
열매들도 떨어져 흙으로 가고 나니
산이 보이고 물이 보인다.
산이 상수리나무나 떡갈나무나
더덕이나 느타리버섯의 것들만이 아니라
흙의 것이고, 돌의 것이며
흙과 돌의 결집으로 까마득한 높이를 이루면서
중심을 잡고 서 있는 푸른 정신의 것인 게 보인다.
물이 피라미나 버들치나 꺽지같은 것들이나
물속의 물이끼나 물풀같은 것들의 것만이 아니라
출렁임의 것들만이 아니라
생명 있는 모든 것들의 근원인 게 보인다.
심장에서 뿜어져 나온 따뜻한 물이
산골짜기를 흐르고 흘러 대양을 이룬 것이 보인다.

시인 조정권, 자네 필생으로 이룬 이 산과 물들이
한국시문학사의 우뚝한 산등성이가 되어
서 있는 게 보인다. 확연히 보인다.

독락당*도 산정묘지*도 품어 안은 시인 하나가
진짜 산이 되고 물이 되어
돌아와 제 자리에 앉는 것이 보인다.
산이 왜 산이고 물이 왜 물인지
이 땅의 산과 물 곁에 세세연년 태어나는 사람들은 알리라
시인 조정권 필생의 시편들이
산의 자리에서 물의 자리에서 누 만년
푸른 정신이 되어 빛나고 있는 것임을.
이 나라 산하를 뒤덮었던 낙엽들이 지고
열매들도 떨어져 흙으로 가고 나니
산의 높이가 보이고 물의 깊이가 보인다.

* 독락당, 산정묘지는 모두 조정권 시인의 작품.

종속도終速度

종속도라는 게 있다고 한다
떨어지는 물체의 중량과
공기의 저항이 같아
떨어지는 물체의 무게가 없어질 때의 속도라는 것,
이를테면
물박달나무 가지에서 뛰어내린 날다람쥐가
애총塚 돌무더기 곁에 사뿐히 뛰어내리는 것도,
상수리나무에서 떨어진 상수리 열매가
떼구르르 굴러가다가 하늘 쪽으로 무연히 멈춰서는 것도
71년을 살고 간, 남향*의 시인이
육신의 무게 훌훌 벗어놓고
가벼운 몸 되어 명부冥府로 옮겨 간 것도,

* 남향: 권명옥의 시집

아버지의 인장印章

책상 서랍 정리를 하다가
61년 전 이승 떠난 내 아버지
인장 하나를 찾아냈다

흑단黑檀 인장
3cm쯤
날인捺印 면의
한쪽 귀퉁이가
닳아져 있다.
아버지는 무슨 책임을
이리 많이도 지시며
기울어져 사셨구나
등짐이 된 7남 1녀 때문에
허위허위 숨도 가쁘셨을 터

경기도 양주군 별내면 덕송리
비와 눈발에 가리운 부모님 합장묘로
산까치야, 가끔 문안도 다녀와 주렴.

2, 3일

하지 가까운 어느 날
호스피스 병동에서
노 시인 한 분 운명했다고
부고가 떴다
죽은 시인이
호스피스 병동에서
대학병원 장례식장으로 옮겨져
빈소가 마련된다고
스마트폰 문자 부고가 떴다

인사동 한식 골목에서
손을 잡기도 했던
가죽 모자를 쓴
지팡이를 짚은
손이 따뜻했던
시인의 육신이
안치실 추운 box에 눕혀지고
급조된 시인의 액자 앞으로

2, 3일 만수향도 퍼지겠네

가죽모자를 썼던
지팡이를 짚었던
손이 따뜻했던
시인 하나 지상에 사라진
인사동 한식 골목
어제나 그제처럼
라면 봉지 바람에 구르겠네
보안등도 켜지겠네.

화장장에서

풍진 세상에
갈앉았던 재마저도
이승에 모두 벗고 가니
사람이 맑고 깨끗해져서
별 되러 가겠구나
밤하늘에
초롱초롱,
별 되러 가는 구나
너 이제
푸른 별로 되어 떠오르겠구나.

잠간

추모공원 화장로 안으로
사람이 사라지고 나니
유족과 추모객들이 남았다
화장로 안의 사람이 육신을 벗는 동안
누구는 식당에 밥 먹으러 가고
누구는 커피를 마시고
이승 사람에게 전화도 거는구나

잠간, 잠간이 가고
수골실收骨室 앞에 서서 보니
화장로 안에서 밀려나오는 밀차에
뼈 몇 조각과 재만 조금 실려 있구나
눈이 오는데, 바람이 부는데
2013년 3월 12일 10시 6분의 초침이 도는데
사람아, 이제 대기실에 남은 사람들 건너 쪽에 닿았구나
낡은 육신 다 벗었으니
풀씨 찾아 숲으로 간

물까치 따라 가겠구나

동박새 따라 가겠구나.

추운 날

전시장에서
규폐로 죽은 사람의 폐를 만났다
석탄 가루에 덮인
사람의 폐 하나가
병 속 포르말린에 담겨
있었다

얇은 슬레이트 지붕 아래
누가, 몸을 옮겨 눕는지
검붉은 기침 소리가
퍼지다가
지워지곤 하는
추운 봄날.

Ⅳ.

선묘

시인들의 성산포

성산포에 와서 떠오르는 해를 본다.

우리나라 끝, 제주 성산 일출봉에 와서

해 뜨는 새벽 바다를 본다.

해는 바다 끝, 수평선을 밀어 올리며 솟아오르는데

새벽 일출봉이 눈 시린 시편들을 뿜어내고 있었다.

1950년대 말, 불 꺼진 명동 갈채다방을 들어서는 김종원

시인의 해,

일출봉으로 오르는 기울어진 계단에 망연히 앉아 있는

이생진 시인의 해,

신의 열쇠 쩔렁이는 김종해 시인의 해,

전주시 인후동 골목으로 접어들고 있는 오세영 시인의 해,

순은이 빛나는 눈 시린 아침을 펼쳐들고 있는 오탁번 시

인의 해,

빙하기 광막한 지평을 걸어오고 있는 이가림 시인의 해,

나자로 마을 빈자의 등에 불을 밝히는 조창환 시인의 해,

밝고 크고 눈 시린 시인들의 해가 떼로 모여 솟아오르고

있다.

우리나라 구석구석을 밝혀 노래하는 시인들아,
당신들이 아침 해 되어 불러낸 이 아침은
밤새도록 별을 우러러 노래한 귀뚜라미들을 잠들게 하고,
먼지와 깡통과 휴지 속의
환경미화원 김 씨를 집으로 돌아가게 한다.
시민들의 식탁에 놓인 스테인리스 수저와 젓가락과
콩나물 무침과 한 마리 꽁치구이를 밝힌다.
시인들아, 당신들이 밝힌 눈 시린 이 아침,
세상엔 휴지가 된 복권 한 장이 구겨진다.
자동판매기 종이컵으로 뜨거운 물이 쏟아져 내린다.
전교조 선생들이 볼펜으로 조퇴원을 쓰고,
전경들이 버스에 앉아 졸고
개똥지빠귀는 자작나무 가지로 옮겨 앉는다.

성산포에 와서 뜨는 해를 본다.
우리나라 끝, 제주 성산 일출봉에 와서
새벽 바다를 본다.

해는 바다 끝, 수평선을 밀어 올리며 솟아오르는데
햇살은 새벽 일출봉에서 시인들이 뿜어내고 있었다.

* 2006년 10월 28일 새벽, 한 떼의 시인들이 제주 성산일출봉에서
  시를 읽은 적이 있었다.

노새

어릴 적 미술 책에서, 책받침에서
자주 만나던 그림,
'알프스 산맥을 넘는 나폴레옹'을 보며
'내 사전에 불가능이란 말은 없다'
습관처럼 되뇌이곤 하기도 했었는데,
나폴레옹 보나빠르트,
알프스 협곡을 말을 타고 넘은 사람,
적의 의표를 찔러 승리의 화신이 된 사람,
우람한 짐승을 왼손으로 찍어 누르며
오른손을 높이 치켜 올린 사람,
영웅은 앞발을 치켜 올린 말 위에서
늘 붉은 망토를 휘날리고 있었는데,
자크 루이 다비드*가 그린 그림
'알프스 산맥을 넘는 나폴레옹'에서
영웅 나폴레옹을 등에 싣고
내 유년 속으로 달려오던 말,
하늘로 솟구쳐 오르는 말들이 있었는데,

그런데, 그런데,

보나빠르트가 탔던 게, 실은 아주 작은 몸집의 노새였
다니,

험준한 알프스 협곡에서 노새를 몬 것도

나폴레옹 보나빠르트가 아니라

전문 노새 몰이꾼이었다니,

봉헌된 허상이 쌓이고 겹쳐지면서

거짓도 역사가 된다는 걸, 이제 조금은

알 것도 같구나, 노새여

영웅을 등에 태우고

비틀비틀 알프스를 넘은 노새여

정치의 충복이 된 예술이

영웅의 허장성세를 위해

노새여, 너를 버리고

우람한 말 한 마리를 그렸구나

암말과 수탕나귀의 교배 잡종

노새여, 너는 없고,

세상엔 빌려온 우람한 말들이

너 대신 앞발을 치켜들고 멈춰 서 있구나

노새여, 지워진 노새여

거짓도 역사가 되는

이 풍진 세상의 노새, 노새들이여.

* 자크 루이 다비드: 1748~1825. 프랑스 출신 화가. 「알프스 산맥을
넘는 나폴레옹」을 그렸다.

선묘*

길 하나가
휘어진 곳
사과밭이 눈발을 부르는
저 비탈 어딘가에
절간이 있고

사내 하나를 위해
천년동안 암반을 들쳐메고 있는
여자가 있다고
한다

저무는 산
하나나 둘
아니, 아니
사내 하나를 위해
저 산맥 연봉 모두를
펼쳐들고
풍설 속에

화엄의 날을 부르고 있는

여자가 있다고 한다.

* 선묘: 의상대사를 사모한 중국 산둥반도의 처자. 용이 되어 따라와
  의상의 부석사 창건을 도왔다 함. 부석사 뒤 浮石은 선묘 처자의 망
  극한 사랑을 담은 부석사 창건설화의 표징으로 이야기 된다.

선묘. 선묘

평생 바람이 깎고 또 깎으며 스쳐가도
지워질 수 없는
사람 이름 하나
젖가슴 안쪽에 연비燃臂 새겨 얹은
여자

허위허위
바다까지 헤쳐 건너 와서
부석사로 선 남자의
대웅전까지 따라 와서는

절간 뒤
그늘에 터를 잡고는
1500여 년,
한 남자만 바라보고 서 있는
그런 여자
눈도 귀도 돌이 되어

서 있는

캄캄한 여자.

나이테

나무는 삶의 흔적들을
나이테에 새긴다
가물었던 날의
목마름이나
엄동 추위 속
발 시렸던 날들을
나이테에 새긴다
둥근 테두리의
좁거나 너른 간격 속에
멍 자국도
핏자국도
세세히 새긴다

돌아보니
80여 년 나이테를 스치고 간
풍상風霜, 운무雲霧
그것들이 보인다

나무야, 나무야

늙은 나무야…

방아꽃

그리움에 빛깔이 있다면
방아꽃 빛 같으리라
그리움에 향기가 있다면
방아꽃 향기 같으리라
가을 햇살
귓가에 와 닿는
무량수의
이 보랏빛 전언들.

신갈 인터체인지

아이들이 된장잠자리라고 부르는
조그만 것이 대양을 건너고
대륙을 건너다닌다고 한다
1000m쯤 높이 떠오른 다음
제트기류에 몸을 싣고
18000km쯤, 대륙 사이를 쉽게
건너다닌다는 것이다
된장잠자리
손톱 두어 마디만 한
날벌레들이
점점이 떠 있는
가을 하늘 아래

출근길에 나선 차량들이
후미 등을 깜박이며 줄을 잇고 서 있는
경부고속도로 신갈 인터체인지.

목동 아파트단지를 지나며

그 마을에
노새*를 기르는 집이 있었다
그 마을 고샅길을 따라 한참을 가면
외딴집
봄이면 흰 연기처럼 살구꽃 피던
동네 머슴
복동이네 집
헛간에
귀가 크고
큰 자지를 단
짐승이 살았었다

동네 조무래기들이
그 노새가 언제 하품하는지를
보러가곤 하던
연둣빛 날들이 있었다.

* 노새: 말과 당나귀의 교배종. 생식 능력이 없음.

V.

말들이 돌아오는 바다

새야

새야
작은 새야
손가락
한 매디만한 새야
풀씨 몇 개 따 먹은 힘으로
피이. 피이
우는 새야
새야
오늘은 내 어깨에
기대고 울지만
내일엔
누구 가슴 찾아가서
울래.

봉함엽서

어제, 그제 비 내리고
바람 불더니
뒷산 나뭇잎이 떨어져
온 세상을 다 덮어 버렸네
이제 나는
가랑잎 두텁게 덮인
방에 틀어박혀서
겨우내
망개나무 빨간 열매라도
찾아 헤매야 하리
먼 데서 오고 있을 봉함엽서라도
기다려야 하리

날개

봄 아지랑이 속에
섞여 오던 것아,
청보리 연두 속에 숨어 살던 것아,

너 때문에
피멍도 들었었거니,
무르팍도 깨졌었거니,

이젠
너무 멀어져
흔적조차 지워진 것아.

어느, 어느 날

시도 때도 없이
무지개가 뜨던 때가 있었다.

프란츠 카프카나 시인 릴케,
윌리엄 포크너,
오퀴스트 르네 로댕, 혹은 살바돌 달리,
구라다 하쿠조 같은 이름들이
넘실넘실 차올라
숨 가빠질 때,
기가 막혀서,
볼 수도, 들을 수도 없게 될 때,
치렁치렁한 무지개들이 달려와
푸른 산 중턱까지
내 몸을 밀고, 끌어올려주던
그런 날들이 있었다,
시도 때도 없이
폭풍이 파도를 밀고 와

방파제를 무너뜨리던

어느, 어느 날이 있었다.

비틀, 비틀

말들이 오고 있었다.
떼 지어
흰 갈기 날리면서
말들이,
돌아오고 있었다.

열 일곱이거나 열 여덟이었던 때,
시집 『해변의 묘지』*를 팔꿈치로 눌러 끼고
만리동 언덕에서 바라보았던
생혈 같던 그 노을을
밀면서, 헤치면서
돌아들 오고 있었다.

이제는
진이 다 빠진 말 몇 마리
비틀, 비틀

* 폴 발레리

기러기

천 개의 강을 건너
늦 기러기
오네

패잔병 하나
총살된
길 가, 돌무덤 쪽
막. 막. 인공치하
1950년 쪽에서
이 가을
기러기 오네

늘, 가슴 속 우물이 춥던
작은 아이도
다 늙어, 서리 묻은 날개로
끼룩 끼룩,

노고지리

노고지리는 어디 있는가
어디까지 와 있나
이 나라 산벼랑 넘어
얇은 문풍지 안, 딱딱한 베개를 베고 잠든
사람들의 한숨을
주름살을, 흉터를
보듬어 안으며, 다독여주며
오는 새
하늘 높이 떠 오며
흔적도 지워지고
또르르, 또르르
푸른 햇살로나 남을 새
조그만 새

노고지리야, 노고지리야
미황사 너머
보리암 너머

향일암도 다 넘어서
네가 오는, 오기는 올…

피리어드

종일을 귀 기울여도
듣지 못하네
나 한 마디도 듣지 못하네
바다는 무어라 무어라 무어라
몰려와 들끓다가
찢어진 다시마 한 잎 모래밭에 얹어놓고
스러져 갔지만

다시마 한 잎에 담긴
그 바다의 속 마음을 내 어찌 알랴
검은 피리어드 한 점으로
깊게 찍힌
즈믄 바다의 속 마음까지야
내 어찌 다 알았을 리야.

박목월 선생

귀도 눈도 비우고
가슴 속 두레박 물까지 다 퍼내고 나니
안 들리던 소리들이 들린다.

솔 잎 사이를 헤짚고
시간이 가는 소리
프이 휘휘 휘
그래, 그래, 바람소리

웃자란 보리 물결을 헤치고
작은 새 두 마리가
솟구쳐 오르며
또르르르 또르르르 르르
이승의 노고지리 소리

용인공원 선생 묘소 앞에 서니
이군 왔나, 이군 왔드나
산울림 수채화 번지듯

만산을 채워오는

목월 선생

연둣빛 목소리…

말들이 돌아오는 바다

아야진항 방파제에 앉아
수평선을 바라본다
괭이갈매기 울겠지
지워지겠지

수평선 너머에서
파도를 딛고 말들이 올까
푸른 말들은 올까

무진장 말들을 캐러 멀리 간
시인 조정권, 시인 신현정
돌아오겠지
수평선 저쪽
환한 말들, 지고 끌고 오겠지
해 다 진 수평선 쪽 향해 앉아
소줏잔 채우다 보면
말이 오겠지
별도 오겠지

소줏잔 그득 채워
건네고, 건네며
술 취한 말하고 별하고 앉아
몇 날밤 지새워도 좋으리

말 되어 돌아올 시인들을
기다리는
아야진 항
방파제.

우포늪에서

사람들은 모른다
늪이 무엇이며
왜 흙 위에서 질퍽이고 있는지
무엇과 무엇과 무엇들이 모여
하염없이 고여 있는지

부레옥잠이거나 개구리밥
가시연과 갯버들
떡붕어나 민물우렁, 두꺼비나
칠점사들이
왜, 제 이름들을 모두 버리고
높낮이까지 맞추면서
스스로 늪의 평면에 섞이는 것인지
모른다. 사람들은

어느날 우포 늪을 찾아 서 있으려니
누만 년 고여
흙 위에서

스스로 질퍽이고 있는 것이

늪이고

늪의 자유라고

물안개에 덮인 늪이

피이 피이 새 소리로 들려준다…

전서구傳書鳩가 있는 풍경

전서구傳書鳩가
앉아있었다

램프를 든 사람이
램프를 들어 휘돌리면
안개 속으로
소리 없이 차가 떠나곤 하였다

차가 떠나고 나면
차가 머물던 자리에 잠간
빈 레일이
남았다

전서구는 보이지 않았다
장다리꽃의 날들과
푸른 벼랑으로 옹글게 짜인
날개를 푸득이면서
떠난 차들을 뒤따라간 모양이었다

늙은 참나무에 기대어

숲에 집을 짓고 사니
나무들 생각을 얼마쯤은 알 것 같다
나무는 늘 진정의 몸짓으로 온다
뒷산 아람들이 참나무들은
내가 세상에 나기 훨씬 전
씨앗으로 흙에 묻히고
거목으로 자신을 키우면서
그 품에 새들을 기르고
세상 벌레들을 먹인다
참나무는 현자賢者의 위의를 지녔다

참나무, 굴참나무, 졸참나무, 떡갈나무
잎 모양새나 도토리가 둥글거나 길쭉해도
목질木質들끼리 오순도순 모여 산다

나뭇가지 사이를 스쳐 가는 바람
티끌과도 화해한 순일純一한 거인
해탈한 고승高僧처럼

참나무는 큰 그늘 밑으로 정기精氣를 내려 보내
눈 시린 꽃을 이뤄내기도 한다
둥치 밑에 영지靈芝를 피워내는
눈 시린 기적을 펼쳐주기도 하는 것인데…

사람아, 늙은 사람아.
나 언제, 참나무 되리야….

대곡천 암각화여, 위대한 힘이시여

큰 사람이시여, 위대한 힘이시여
7천 년 전쯤부터 이 골짜기에 살고계신
님들을 지금 뵙습니다
살아 있는 님들을 뵙습니다.

님들이 서 계신 7천 년 전 암벽과
우러러 저희들이 서있는 오늘이
한 하늘에 펼쳐져 있습니다.

상서로운 짐승 거북을 닮은
이 산등성이 돌벼랑에
돌로 돌을 갈아
암각화를 새기셨으니
7천 년 전 저 벼랑 아래로
바다까지를 불러들여 경영하신
슬기며, 예지
눈부셔라, 찬연도 하시어라,

7천여 년 전, 세계 최초의 포경선도 만들어
하늘과 땅과 사람, 두루두루 안온한
너른 세상을 경영하신 분들이시여
지금 살아 있는 숨결로 오셔서
손을 덥썩 잡아주십니다
피가 도는 따순 손으로
우리 손을 잡아주십니다
어서 오라고, 반갑다고
가슴으로 가슴을 품어 안아 주시는 이여
우리 몸 속의 뜨거운 피는
이 골짜기에 살고계신 님들이 주셨습니다.

한반도 역사의 처음이
눈부신 광휘로 열린 곳
이 땅이 처음부터 복판이었다고
가슴 펴고 세계로 가는 출발지였다고
반구대암각화가 일러주고 있습니다
대곡천, 신령스런 벼랑이 깨우쳐주시며

밝은 미래로 힘차게 나아가라 일러 주십니다.

몇천 년의 먼 시간 되짚어 오셔서
푸지고 기름진 인간 세상 열어주소서
슬기와 예지의 길 밝혀주소서

대곡천 암각화로 우뚝 서계신
큰 사람이시여, 위대한 힘이시여
눈부셔라, 찬연도 하시어라.

VI.

실라캔스를 찾아서

실라캔스를 찾아서

실러캔스는 원시 척추동물의 먼 조상으로 추정되는 물고기. 3억6천만 년에서 6천5백만 년 사이의 퇴적암 속에서 화석으로만 그 모습이 발견되었을 뿐, 오래 전에 멸종된 것으로 되어 있었다. 그런데, 이 화석물고기가 1938년 12월 22일 남아연방 어느 바닷가에서 어부의 그물에 잡혀 올라왔다. 진화의 대세를 부정하면서 6천5백만 년을 건더온 실러캔스, 그 부정과 저항의 정신에 이 시를 바친다.

화석 연구가들이
6천5백만 년 이전의 퇴적암에서
원시 물고기 화석을 찾았다
짐승의 이빨과 다리 흔적까지 지닌
물고기 화석이었다.

고생물고고학은 이 화석물고기가
3억 6천만년부터
6천5천만 년 전까지 살았던
육지척추동물의 조상 물고기라고 적었다.

해와 달과 바람

눈 시린 파도 가고 오던

지구별에 너무 일찍 와

하염없었던,

진화의 대세를 따라

모든 동물들이 떠나갔는데도

육지에서의 삶을 포기하고

물속을 찾아 간

육지척추동물의 조상

진화를 거부하고

지질 속에 화석만 남긴 채 사라진

숨어버린

진화를 거부한,

짐승의 이빨과 네 다리, 폐肺의 흔적까지 지닌 채

6천5백만 년을 물속에서 숨어 견딘

살아서 그물 속에서 잡혀 올라온 물고기

숨어서 자신을 지킨

부정과 저항,

푸드기는 푸른 정신…

* 실라캔스: 육지 척추동물의 조상 물고기

화석물고기

박물학자 루이스 아가사가
남아프리카 다마스카르에서
물고기 화석 하나를 찾았다
1836년
고생대 데본기에서
중생대 백악기 사이의
퇴적층
견고한 돌 속에
화석으로 갇힌,

발견자는 이 화석 물고기를
실라캔스(coelacanths)라 불렀다
'속이 빈 등뼈'라는 뜻.
6500만 년 전 백악기 화석에 몸을 남기고
칠흑의 시간을 따라간,
잊혀진,
잊혀진 것이 된,

박물학자 루이스 아가사는
이 화석물고기의 후손들이
6천 5백만 년을 살아서
물속에 새끼를 낳아 기르고 있는 걸
알 수 없었다.

박물학자 루이스 아가사는
바라보고, 바라보았다
짐승의 이빨
4개 다리 흔적도 선연한
화석이었다
고생대 데본기에서
중생대 백악기 사이
3억 년 퇴적층 속
돌이 되어 갇혀서도
새끼를 낳아 기르고 있었다
짐승의 이빨
다리 4개 흔적도 그대로인

짐승 물고기
실라캔스, 실라캔스,

진화를 거부한

남아연방 이스트런던 자연사박물관
큐레이터 마저리 래티머는
한 통의 전화를 받았다
1938년 12월 22일,
생전 처음 보는 물고기를 잡았다는 것.
두꺼운 비늘, 푸른빛의 물고기.
래티머는 이 물고기를 그림으로 그리고, 박제를 만든 다음
어류학자 스미스 교수에게 이 사실을 알렸다.
스미스 교수는 이 물고기가
오랫동안 화석으로만 전해져 온
화석물고기 '실라캔스'의 실물이라는 걸
알아보았다
3억6천만 년에서 6천5백만 년 퇴적암에서
발견되던 물고기 화석
캄캄한 돌 속에
화석으로 누워 있던 그 물고기
6천5백만 년을 숨어 산 물고기였다.
학술지 Nature가 스미스 교수의 논문을 실었다.

'모든 생명은 진화한다'
다윈의 진화론에 반론이 제기되었다.
6천5백만 년을 물속에서도 진화 안 된 물고기라니
짐승 이빨도 그대로인
새끼를 출산해 내며 100년쯤을 사는
실러캔스, 원시 육지척추동물의 조상물고기
어부의 그물 속에서 푸드기는 물고기가
강철의 발언으로 울려오고 있었다
진화의 대세를 거슬러 온
어둔 길 혼자서 헤쳐온,
아, 눈시린 날의 실라캔스
실라캔스여.

봐라 여기 있다

봐라, 여기 이렇게
옛 모습 그대로 화석으로 남은
이 물고기가
실라캔스다.
봐라, 여기 있다.
이제는 멸종되어
화석으로만
아주 가끔 모습을 보여주던
그 물고기,
심해에 숨어 6천5백만 년을
견딘 물고기,

어금니 앙다물고 견딘,
견고하고 딱딱한
깃발 펼쳐 들고,
돌 속에서 돌을 깨뜨고 나타나다니
풍문을 밀치면서

살고 있었다니,

살아 있다니,

대멸종

더 많은 표본 물고기를 확인하고 싶었던
스미스 교수는
100파운드의 현상금을 걸고
이 화석물고기를 수배하였다
1952년, 후 두 번째 실라캔스가 잡혔다
아프리카 동쪽 코모로 군도였다
20여 마리가 살고 있었다
1997년 인도네시아 어시장
실라캔스는 좌판에 눕혀져 팔리고 있었다.

3억6천만 년 전부터 화석을 남긴
실라캔스는 6천5백만 년
지구대멸종 때 멸종된 것으로 되어 있었다
6천5백만년 전, 소행성 충돌로
먼지와 그을음이 태양빛을 가리자
빙하기가 몰려왔고
지구 생물의 80%가 멸종되었다.

서울 63아쿠아플라넷엘 가면
표본 실라캔스를 볼 수 있다
지구 대멸종에서도 살아남은
실라캔스
표본 실라캔스를.

어시장 좌판 위의 실라캔스

인도네시아 어시장에서도
실라캔스가 발견되었다.
어시장 좌판 위였다.
푸른빛이 아닌
갈색 몸체였다.
어시장 사람들은
원시 화석물고기의 발견이라
놀라워하는 어류학자들과
취재 기자들을
이상한 눈길로 바라보았다.
어시장 사람들은 실러캔스를
'괴물 물고기', '제왕 물고기'라 불렀다.
기름이 너무 많아
맛없는 물고기,
설사를 부르기도 하는
나쁜 물고기,
그물에 걸리면
그냥 던져버리던

쓰레기 물고기.

실라캔스가

세계 곳곳에 살고 있었다.

1997년

인도네시아 북슬라웨시 섬.

어시장 좌판 위에

싼 값에 팔리는 생선 한 마리로

누워 있었다.

인텔리겐치아

실라캔스여
네, 부정의 정신이 밝게 빛난다
인텔리겐치아
평범과 순응을 뛰어 넘은
딱딱한 집념 앞에서
너를 부른다,

6천 5백만 년 캄캄한 물속에서 새끼를 길러
이어온 생명
인텔리겐치아
시대를 끌고 밀고 온
기동타격대 같은

파르티잔의
파르티잔이 된.

내게도 실라캔스가

구겨버린 글
태워버린 글
재 되어
흩어져간 원고지 더미
내 유년의 퇴적암에
쌓여 있으리
연둣빛 책보 속
양철 필통
몽당연필
고무지우개
정지용, 라이너 마리아 릴케, 파울 첼란…
내 멍든 팔꿈치에, 피 묻은 무릎 아래
쌓여 있으리
육탈의 시간 다 지냈으리

먼 화석이 키우는 내 실라캔스 몇 마리
살고 있을 것을 믿는다.
물비늘 털며 어느 날 그물에 담겨

내게 올 것을 믿는다.

실라캔스

그리운 내 실라캔스.

진화, 반진화反進化

찰스 다윈의 진화론대로라면
6천5백만 년 전 백악기 대멸종 때
멸종되었어야 하는 것이었는데
3억6천만 년 지층부터 흔적이 남은
2억5천만 년 지층 여기저기에
많은 흔적을 남긴 물고기
실라캔스,

교과서는 실라캔스가
멸종된 물고기라고
적었는데, 가르쳤는데
그러니까, 지구에서
멸종되어진 것이 된
물고기 한 마리가
1938년 12월 22일
남아프리카 코모로제도에서

어부의 그물에 잡혀 올라온

그 물고기가

3억6천만 년 전부터의

육지척추동물의 흔적을

그냥 지니고 있었다니

깊은 수심, 6천5백만 년 어둠을 견디고도

진화되지 않은 채

애초의 몸으로 살았다니

육지척추동물의 조상물고기, 실라캔스

지독至毒,

항명抗命의…

시집 『곡마단 뒷마당엔 말이 한 마리 있었네』를 펴낸 2017년 이후, 시를 찾는 길에서 만들어진 메모들을 facebook에 올리곤 했었다. 그 중의 일부를 여기 옮겨 '시인의 말'로 대신하고자 한다.

내 나이 올해로 산수傘壽에 접어들었다 한다. 이승을 떠나는 주변의 지친들이 늘어나고, 나 자신도 육신의 쇄락 속으로 접근해 가고 있음을 절감하는 날도 점점 늘고 있다.

「오스트랄로 피테쿠스 아파란시스」, 「한탄강 지질공원에서」, 「스트로마톨라이트」, 「사코리투스 코로나리우스」, 「별똥별」 등 5편의 시는 육신의 쇄락에 접어들면서 숙고 끝에 찾아가 본, 인간 근원에 대한 탐구이며 생명 발생에 대한 천착내용을 담고 있다.

누억 년 시간과 공간을 거슬러 가면 닿을 수 있을까? 현실의 수난 속에 살고 있는 내 생명의 근원, 거기가 진정한 내 고향일 것이어서, 그 고향을 그리는 마음을 담아 '귀향

시편'이라 불러보게 된 소이연이다.

버릴 것, 다 벗어버리고 바람에 실려 가는 내 생각과 느낌들이 한두 편, 시에 담겨서나마 닿기를 소망해보는… 일망무제 평정 세계, 돌 속에 화석들을 품은 38억년 퇴적암의 어느 모서리에 늙은 몸을 깊게 기대보고 싶은 때도 있었던 것을…

2021. 2. 27.

지구의 나이는 46억년 정도 되지만 실제로 지구의 표면이 생기고 기후의 변화가 일어난 것은 약 38억 년 전으로 이때부터 현생 인류가 나타나기까지의 시기를 지질시대라 한다. 단단한 지구는 변하지 않는 것처럼 보이지만, 실제로는 아주 서서히 모습이 달라져 왔다. 지진으로 인한 진동과 그로 인한 파괴는 순식간에 땅을 가르기도 하고 산을 무너지게도 하지만, 산맥이나 분지가 형성되거나 암석이 만들어지는 대부분의 지질 작용은 수십만 년 또는 수천만 년에 걸쳐 아주 느리고 오랫동안 지속되고 있다. 그렇기 때문에 100년 미만을 사는 인간의 시간으로는 지질변화 양상의 측정이 불가능하다. 지구는 대부분 이와 같이 서서히, 장시간에 걸친 변화에 의해 이루어졌지만, 이 오랜 지질시대의 지질양상들을 세세히 알아내는 것이 지구라는 별의 역사를 규명하는 기초가 된다.

지질시대는 지층이나 화석을 연구하여 생물계에 큰 변화가 일어난 시기를 경계로 구분하는데(5억 7천만 년 전부터) 선캄브리아대 · 고생대 · 중생대 · (6천5백만 년 전부터 시작된) 신생대 등 네 시대로 나눌 수 있다. 지질 단층들 속에는 지구 변모의 모든 역사가 화석으로 내장되어 있다. 지구의 지질이 최초로 형성된 38억 년으로부터 장구한 세월이 흐르면서 지구는 수많은 지층의 변화를 겪었고 지층이 바뀌면서 형성된 지질에는 수많은 동식물의 자료들이 함께 묻혀 화석으로 쌓였다. 지질연구가 오랜 시간 지층에 묻힌 생태자료인 화석 연구의 필수 자료인 것을 미루어 알 수 있다.

나는 지질탐색을 위해 우리나라의 대표적 지질 탐색이 가능한 한탄강 지질공원들을 수시로 찾아다녔다. 하나의 지질 벼랑 속에 내재된 몇 십억 년의 시간을 되짚어보는 것은 숨 막히는 일이다. 까마득히 멀어진 38억 년의 시간과 그 시간 속에 묻힌 가을 햇살과 비바람을 불러내 만나는 것은 기쁜 일이다. 시는 그런 기쁨을 만끽하게 해주는 '탐침봉探針捧'이다.

138억년 우주의 나이와 46억년 지구의 나이에 비해 사람 100년은 찰나처럼 스쳐간다. 그러나 시인의 탐침봉으로 우주 무량수無量壽의 시간을 되짚어가는 일은 뜻 깊은 일이다. 나는 시가 그 일을 해주리라는 기대를 지니고 있다.

2020. 12. 10.

칼 세이건의 『코스모스』 한국어판이 나온 것이 2006년 12월 20일. 그동안 내가 접할 수 있었던 책 중에서 내게 가장 큰 영향을 준 몇 권 중의 하나.

지구에서 태양까지의 거리가 빛의 속도로 8분(그러니까 8광분!), 지구에서 가장 가까운 우리은하수 은하의 안드로메다 별까지가 250만 광년, 우주의 가장 먼 퀘이사 은하까지가 90억 광년쯤 된다는 사실을 깨우쳐 준 것이 칼 세이건의 『코스모스』였다. 시인으로 살면서 상상의 범주를 무한까지 넓게 잡을 수 있는 깨우침을 이 책에서 받았다.

작고한 칼 세이건의 아내 앤 드루얀이 최근에 후속편 『코스모스』를 펴냈다. 이번에는 책 표지에 '가능한 세계들'이라는 부제가 붙었다. 남편 칼 세이건 작고 후 우주천문학 분야에도 많은 발전이 있었다. 앤 드루얀은 전작 『코스모스』의 가설들을 토대로 우주에 관한 보다 많은 확인 정보들을 제공해주고 있다.

지구 생성 46억년 이래 지구는 5번의 대멸종을 겪었다한다. 그런데, 앤 두루얀은 이번 한국어판 서문에서 인류가 앞으로 맞이하게 될 6번째 지구 대멸종을 경고하고 있다. 이번 대멸종은 인간에 의한 것으로 르네상스 때부터 시작되어 심각한 상황으로 진행되고 있다고 한다. 더구나 "이번 대멸종은 인간이 지구에 존재하기 전에 벌어졌던 대멸종들과는 차원이 다른 재앙"이라고 경고하고 있다. 코로나 폐렴 만연 사태 속에서 듣는 섬뜩한 경고이다.

2021. 2. 17.

거리의 신비와 우울
(Mystary and Melanchory of a Street)

조르지오 데 키리코(G. de Chirico. 1888~1978).

키리코는 형이상적 초현실주의를 추구한 이태리 출생의 화가. 살바도르 달리, 이브 탕기, 키리코, 막스 에른스트 등 일군의 초현실주의 화가들은 1960년대 후반, 내 시에 정신적, 감성적 자양을 짙게 건네준 이웃들. 텅 빈 거리. 멈춰선 차량. 묵묵히 서 있는 밝은 건물과 어두운 건물. 검은 문들. 굴렁쇠를 굴리며 달려가는 여자 아이. 비탈길 위쪽에 드리워진 검은 그림자.

'신비'와 '우울'의 텅 빈 거리를 '굴렁쇠'를 굴리며 가고 있는 '아이'한테 나는 수도 없이 나를 투영하면서 시를 찾아 헤매곤 했었다. 1960년대, 막막하던 날의 내 초상 하나가

이 그림 속에 담겨져 있는 듯하다

2020. 12. 7.

실라캔스를 찾아서

실라캔스(Coelacanth)는 육지척추동물의 조상으로 추정되는 물고기. 3억6천만 년에서 6천5백만 년의 퇴적암에서 화석으로 발견된다. 육지동물처럼 앞다리 뼈를 지니고 있으며 이빨, 폐의 흔적도 지니고 있다. 육지동물처럼 새끼를 출산한다. 5번째 고생물고고학은 이 실라캔스가 6천5백만 년경에 있었던 지구 대 멸종 때 멸종되었으며 화석만 남아 발견된다고 적고 있었다.

그런데, 1938년 남아프리카 연안 바닷가에서 '살아있는' 실라캔스 한 마리가 잡혔다. 180cm, 80kg. 멸종되었다던 '화석물고기'가 그물에 잡혀 올라온 것이다. 그 후 세계 도처에서 이 물고기가 잡혀 올라왔다. 6천5백만 년 막막한 시간을 헤쳐 온 물고기가.

그런데, 놀라운 것은 1938년의 실라캔스가, 3억6천만 년에서 6천5백만 년 사이 퇴적층에서 발견된 실라캔스 화석의 특질들을 거의 그대로 지니고 있는 것… 두꺼운 비늘, 앞다리 뼈, 이빨, 새끼 출산… 그러니까 최소한 6천5백만 년을 물속에서 물고기로 살았는데도 물 속 환경에 최적화

된 모습으로 변화, 진화하지 않고, '육지척추동물'때의 특질들을 그대로 지니고 있었던 것.

"모든 동식물은 진화한다" 찰스 다윈의 명제는 도전받을 수밖에 없었다. 나는 6천5백만 년 동안 물속 동물로 살면서도 물속 환경에 맞게 [진화]되지 않고 자신을 지켜온 실라캔스의 [부정과 응전]의 정신을 깊게 볼 필요가 있으며, 시로 불러낼 필요가 있는 것이라고 생각하였다. 실라캔스를 좀 더 깊이 알기 위해 고생물고고학 쪽의 자료들을 섭렵하였다.

현대사회는 대세에 쉽게 휩쓸리곤 하는 순응사회이다. 이런 때일수록 '부정'의 정신으로 현실과 사물을 보고, 대세에 휩쓸리는 대중추수주의에 저항해서 올곧은 자신을 찾는 일이 중요한 것이며, 이것이 시대의 지성들에게 주어진 소명일 것이라 생각하게 되었다. 이런 생각의 계기를 나는 실라캔스의 경우에서 찾았다.

내가 연작시 『실라캔스를 찾아서』를 쓰게 된 동기이다. 연작시 『실라캔스를 찾아서. 10편』과 연관 산문의 원고를 넘겼다. 곧 간행될 어느 잡지의 겨울호에 발표될 예정이다. '실라캔스'가 노년의 나를 성찰하는 계기가 되었으면 한다. 바라기는 상상력도 감수성도, 시의 말들도 나를 도와주시기를.

2020. 11. 23.

Non Plus Ultra

풀벌레들이 울려내는 심포니가 장엄, 곡진하다. 격정을 향해 치달리더니 처연하게 꺾기기도 한다. 풀숲에 엎드린 벌레들이 날개를 부비고 가슴 울음판을 두드러서 만들어내는 저 소리의 교향을 세계 어느 명망의 교향악단이 범접할 수 있으랴.

귀뚜라미, 베짱이, 여치, 메뚜기… 저 풀벌레들은 어디서 저 절창을 켜내는 명기名器들을 몸으로 물려받은 것일까.

시골 살이 20년, 나는 이 계절 풀벌레들이 만들어 내는 이 극미極美의 소리 "Non Plus Ultra"를 티켓값도 내지않고 만끽한다. 홍복이다. 벌레들이 부르는 저 곡진한 필생의 노래를 잘 듣기 위해 나는 귀를 비워두어야 하리. 맑게 밝게 비워두어야 하리.

2019. 9. 14.

양촌리 모가헌의 주인은 누구인가

이곳 양촌리에 집을 짓고 이사와 산 것이 20년쯤 된다. 처음엔 이 터의 주인이 '나'인 줄로만 알았었다. 그러나, 여기서 살며 찬찬히 다시 보니 이 터의 진짜 주인들이 따로 있다는 것. 가령, 참나무, 산벚나무 같은 것들 ─ 한 200여

년은 족히 되었을 것들이 뒷산 둔덕에 터 잡고 살며 꽃을 피우고 열매를 키운다. 뿐만 아니라 다람쥐, 청설모, 두더지, 물까치, 꾀꼬리, 참새, 멧새, 직박구리, 파랑새 곤줄박이, 박각시나방, 풍뎅이, 사슴벌레, 지렁이, 꽃뱀(일년에 두어번 쯤 만난다), 소쩍새, 고라니, 너구리(가끔). 이 모두가 나와 함께 이 터에 몸 기대고 사는 주인들인 걸 알겠다.

뿐만 아니라 언젠가 나와 아내가 이 터를 아주 떠난 뒤에도 여전히 여기 머물며 지금처럼 살고 있을 참 주인님들이시다. 등기부등본에 이름 올리고 여기서 꿈도 꾸며 주인처럼 살지만 언젠가 이 터는 그대로 두고 몸만 떠나야 할 나그네인 걸 자각하는 것이다.

2020. 8. 14.

반구대암각화

반구대암각화는 6천여 년 전부터 울산 울주 지역에 살던 선사인들이 남겨준 자랑스런 문화 유산이다. 반구대암각화로부터 1.8km떨어진 곳에 기하학적 도형들을 바위 면에 새긴 [천전리 암각화]도 있다. 2곳 암각화 모두 국보.

바위 면에 꿈을 새기며 영험한 초월자와의 소통을 원했던 사람들의 비원을 담은 암각화에는 간절함이 담겨있다. 대곡천 암각화군이 시인들에게 시적 모티프가 되는 이유

이다. 2019년에는 한국을 대표할만한 시인 36인이 참여한 [원로. 중견시인 암각화 畵詩展]이 열렸었다. 시인들의 감성과 상상력으로 복원한 반구대암각화와 천전리 암각화가 시인들이 불러낸 창작 육필시에 담겨 소중한 유산으로 남았다.

7월 3일 오후 6시 반구대암각화 바로 앞에서, 옛 선인들이 신을 부르던 모습 그대로 재현하는 [2020년 제례의식]이 치뤄진다. 이 축제는 7월 5일까지 울산 울주에서 다채롭게 이어진다.

시인인 나는, 이 땅에 살았던 선사인들의 풍요의 꿈을 오늘에 되살리고, 세계적 자랑인 [대곡천암각화군]을 멸실의 위기에서 구하며, 유네스코세계문화 유산에 등재시키는 일에 마음을 모두고 있다. 7월 3일 울산행 기차표를 샀다. 선사인들이 꿈꾼 [영속하는 생명으로서의 암각화]를 만나는 것은 가슴 설레는 일이다.

2020. 6. 30.

새들이 밟고 간 와이키키 해변

한국시협과 하와이대학 한국학연구소 주최 세미나에 참석 차 하와이에 왔다. 그리고, 오랜만에 이곳에 와 살고 있는 내 누이와 조카들과 손주들을 만났다.

1950년 비행기 폭격, 기관포탄 속을 함께 달렸던 누이, 눈보라 속 1.4후퇴 추운 길을 함께 걸었던 누이, 1960년대 국어 교사였던 누이, 이제는 80을 훌쩍 넘은 그 누이와 후손들이 모국을 떠나와 살고 있는 곳, 하와이 호놀룰루.

아침 바닷가 모래밭에 찍힌 물새 발자국을 보니, 숨차게 살아온 내 가족사 속의 한쪽 면면들이 힘겹게 밟고 간. 밟고 살고 있는 뒷모습을 보는 듯한데, 수평선 쪽 바다는 저 혼자 일망무제.

2019. 11. 27.

뚤루즈 로뜨렉 전시장에서

뚤루즈 로뜨렉을 만나러 갔었다.(예술의 전당. 한가람 미술관) 140cm 작은 키로 미술사의 확연한 개성을 열어준 화가. 몽마르뜨 근처, 물랭루즈를 삶의 터전으로 낮은 세상을 사는 여인들에게서 예술미藝術美를 찾아내 그린 그림들을 찬찬히 둘러보았다. 활짝 펼쳐진 치마폭과 강조된 다리, 그가 특히 좋아했다는 역동적인 말 그림들 — 짧은 다리로 세상 살았던 그의 그림들이어서 더 깊은 감동이었다. 또한, 그가 그린 예술 포스터 그림들을 보면서 앤디 워홀같은 산업미술도 로뜨렉같은 선구자가 있어 가능한 것이 아니었을까 생각하였다. 그의 부모는 4촌간. 근친 혈통을 이어받아

불편한 몸으로 힘든 나날을 살았다(그는 37세로 타계하였다). "만약 내 키가 더 컸다면 나는 결코 화가가 되지 못했을 것이다." 로뜨렉의 말.

2020. 2. 27.

자전거 타기

두물머리 물안개 공원엘 갔었다. 올해 첫 라이딩. 양촌리 내 집에서 35km쯤 떨어진 곳. 멀지만 도로 주행은 엄두를 낼 수 없으니 자전거 전용 코스가 되어있는 이 강변 공원엘 간다. 강물도, 물새도, 숲도 볼 수 있는 3.5km 원형 코스. 2바퀴 혹은 3바퀴쯤, 쉬엄쉬엄. Brompton 자전거. 접으면 2대를 승용차 뒷좌석에 싣는다. 몸이 허락하는 한 이 녀석들한테 건강을 의탁해볼 셈이다. 올 한 해도 무사히 달려다오. 두 마리 노새야.

2019. 4. 6.

30만 년 전, 한탄강변에 살았던 초기 인류가 만든 주먹도끼

1978년 5월, 이런, 주먹도끼들이 우리나라 한탄강변 전곡리 일원에서 발견되었다. 고고학계는 이 발견물이 [아슐리안 주먹도끼]이며 30만 년 이전에 만들어진 것임을 밝혔다. 이런 유형의 주먹도끼들은 초기 인류의 발상지인 아프리카, 유럽 일원에서만 발견될 뿐이라는 세계 고고학계의 정설을 뒤집는 증거물이 전곡리 한탄강변에서 발견된 것이다. 기존 고고학계의 학설을 뒤바꾼 놀라운 발견이었다.

30만 년 전이라면 현생인류 호모사피엔스의 직계 조상인 [호모에렉투스] 시대가 된다. [호모에렉투스]는 움집을 짓고 살며 도구를 만들어 쓰기도 한 초기 인류의 조상이다. 그런 초기인류가 한탄강변 전곡 일대에 살고 있었고 그들이 이런 주먹도끼로 사냥물을 자르고 껍질을 벗기기도 했다는 것이다. 중국, 일본 등 동아시아권에서는 발견된 바 없는 30만 년 이전의 유적이 한반도에서 발견된다는 사실로 미루어 한반도가 인류 문명사 발달에 주요 거점 중의 하나임을 미루어 알 수 있을 것 같다.

덧붙여, 이 놀라운 유적이 발견된 현장에 [전곡선사박물관]이 세워져 있다. 뜻 깊은 박물관이다.

2019. 8. 19.

막장

나는 1998년 3월 16일 태백시 장성탄광 막장에 있었다.

장성탄광 입구로부터 500여m를 걸어 들어간 후, 수갱垂坑으로 825m를 하강, 다시 인차引車를 갈아타고 3200m 지점, 거기가 막장이었다. 비산먼지 자욱한, 후끈후끈 지열이 들끓는 곳이 막장이었다. 방진 마스크 때문에 숨이 더 가빴었다.

막장. ─ 3억 년 전쯤 매몰된 후 엄청난 지층의 무게에 눌려 탄화炭化된 밀림이며 거대동식물들이 현생인류와 최초로 만나는 현장 ─ 거기가 막장이었다.

탄광노동자들의 저항운동의 시발점이된 1980년 4월의 사북사태 이후, 정부의 에너지 정책이 주유종탄主油從炭으로 바뀌고, 거의 모든 탄광들이 폐광되었으며, 노동운동을 이끌던 노동이론가들도, 광부들도 탄광촌을 떠나버린 현장은 소름끼치는 '비극의 현장'으로 스산하기 이를 데 없는 곳이 되어있었다. 나는 격문激文이 아니라 시로 비극의 현장을 증언해두고 싶었다.

3년 쯤 사북, 고한, 태백, 철암 등 탄광마을을 헤매 다니며 냉엄한 시인의 눈으로 보려 하였고, 엄정한 말을 찾으려 무진 애를 썼다. 이때의 시편들은 시집『석탄 형성에 관한 관찰 기록』(시와 시학, 2000)에 실려 있다. 시단에서 이 시집을 주목해준 평자는 별로 없었지만, 내가 한 시대의 상처를 외면하지 않았고, 시인의 소명을 지키려 노력했었음을 되새겨보곤 한다.

2019. 4. 1.

화석 탐구

화석은 38억년 지질시대(지구의 지표면이 생기기 시작한)의 변화 양상들을 보여준다. 화석은 주로 지질층 중에서도 퇴적암에서 발견된다. 요즘 가까이 두고 보는『한국화석도감』(양승영, 윤철수, 김태완 편저, 아카데미 서적)같은 책의 화석 사진들이 사람을 상상과 사유 속으로 이끈다. 화석 사진들을 보며 지구의 역사를 따라가보는 재미가 있다. 지구는 그동안 5번의 멸종 위기를 겪었다 한다. 전멸 속에서 겨우 살아남은 생명들이 번식을 통해 지구를 뒤덮곤 했다는 것.

화석 연관 책들을 섭렵하다가 만난, 이름도 낯선『지질고고학』,『고생물고고학』…. 이런 미답未踏의 대륙에서 [시의 질료]들을 얼마쯤 찾아낼 수만 있다면 내 노년의 스산함을 얼마쯤은 견딜수도 있을텐데…

2018. 4. 2.

실라캔스를 찾아서

초판 1쇄 인쇄일	| 2021년 4월 30일
2쇄 인쇄일	| 2021년 9월 13일
초판 1쇄 발행일	| 2021년 5월 5일
2쇄 발행일	| 2021년 9월 15일

지은이	| 이건청
펴낸이	| 한선희
편집/디자인	| 우정민 우민지
마케팅	| 정찬용 정구형
영업관리	| 한선희 김보선
책임편집	| 우정민
인쇄처	| 국인사
펴낸곳	| 북치는 마을

등록일 2005 03 15 제25100-2005-000008호
경기도 고양시 일산동구 중앙로 1261번길 79 하이베라스 405호.
Tel 442-4623 Fax 6499-3082
www.kookhak.co.kr
kookhak2001@hanmail.net

| ISBN | \| 979-11-91440-91-1 *93810 |
| 가격 | \| 9,000원 |